I0551432

X

DÉMOSTHÈNE

SECONDE OLYNTHIENNE.

Imprimerie de DELSOL.

ΔΗΜΟΣΘΕΝΟΥΣ
ΟΛΥΝΘΙΑΚΟΣ Β.

DÉMOSTHÈNE

SECONDE OLYNTHIENNE,

AVEC ARGUMENT ET NOTES EN FRANÇAIS,

PAR E. HAMEL,

PROFESSEUR DE LITTÉRATURE GRECQUE A LA FACULTÉ
DES LETTRES DE TOULOUSE,

et J.-B. Darolles.

TEXTE ET TRADUCTION.

TOULOUSE,
LIBRAIRIE RELIGIEUSE ET CLASSIQUE
de DELSOL, PRADEL et Comp.,
Rue Tamponnière, 10.

—

1841.

Tout exemplaire qui ne serait pas revêtu de notre signature sera réputé contrefait.

ARGUMENT.

—

Éveillés par les paroles de Démosthène sur le danger qui les menaçait, les Athéniens avaient envoyé au secours d'Olynthe deux mille hommes de troupes légères et trente galères, sous la conduite de Charès. Ce secours fut insuffisant ; et les Olynthiens, que chaque jour Philippe pressait davantage, durent implorer de nouveau l'appui d'Athènes. Le peuple s'assemble, on délibère ; mais les orateurs, perdant de vue l'état des affaires, se livrent à de vaines déclamations, et ne parlent que de punir Philippe sans s'inquiéter des moyens d'exécution.

Démosthène monte alors à la tribune et ramène la question à son véritable objet : il ne s'agit pas pour les Athéniens de châtier l'audace du roi de Macédoine, mais de se mettre à couvert de ses attaques et de son ambition. Depuis quatre ans, chaque jour elle a cru avec ses succès que favorise leur négligence ; déjà plusieurs villes alliées d'Athènes ont succombé ; Olynthe reste encore, ville puissante, importune à Philippe qu'elle gêne, située comme elle est aux portes de la Macédoine et toujours prête à saisir les occasions. Olynthe une fois prise, Athènes est découverte, rien ne s'oppose plus aux projets ambitieux du roi. Il faut donc la secourir en toute hâte, et d'une manière efficace, s'ils ne veulent rester eux-mêmes exposés aux plus grands dangers.

D'où tirer ces secours? Il y avait à Athènes un fonds de réserve considérable ; mais cet argent était depuis long-temps destiné aux représentations scéniques, et une loi punissait de mort quiconque proposerait de le détourner de cet emploi pour l'appliquer aux dépenses de la guerre. Démosthène aborde avec précaution ce sujet délicat; évitant le danger d'une proposition directe, il demande que l'on nomme des commissaires chargés de réviser les lois sur les spectacles et le service militaire. Sans dire explicitement qu'il faille les abolir, il en démontre la nécessité, en signalant tous les inconvénients qu'elles entrainent après elles. Ses paroles ne seront pas agréables au peuple, il le sait ; mais il aime mieux le servir que de le flatter, comme ces orateurs dont la lâche complaisance sacrifie au plaisir du moment ses intérêts et sa gloire. Il prend de là occasion pour comparer le temps présent au temps de Miltiade, d'Aristide et de Périclès : Athènes alors puissante et respectée au dehors, faisant reconnaître et accepter son influence par la Grèce entière ; ornée au-dedans de monuments publics et de temples magnifiques, et, au milieu de cette splendeur, ses premiers citoyens confondus dans la foule par la simplicité antique de leurs mœurs : aujourd'hui au contraire Athènes méprisée dans la Grèce, insultée et dépouillée par un Barbare; pour monuments, des murs recrépis, des routes réparées ; et, dans cet abaissement général, les démagogues riches et fiers, se construisant de somptueux palais et triomphant de la misère publique. Ici l'orateur représente avec les plus vives couleurs , dans les termes les plus énergiques et les plus méprisants, l'insolence de ces parvenus et la dégradation du peuple qui les supporte. Il finit en rappelant l'objet de son discours, et en conjurant les Athéniens d'adopter des mesures , qui seules peuvent les sauver de la ruine et du déshonneur.

ΔΗΜΟΣΘΕΝΟΥΣ

ΟΛΥΝΘΙΑΚΟΣ Β.

[1] Οὐχὶ ταὐτὰ παρίσταταί μοι γιγνώσκειν, ὦ ἄνδρες Ἀθηναῖοι, ὅταν τε εἰς τὰ πράγματα ἀποβλέψω,
καὶ ὅταν πρὸς τοὺς λόγους οὓς ἀκούω · τοὺς μὲν
γὰρ λόγους περὶ τοῦ τιμωρήσασθαι Φίλιππον ὁρῶ
γιγνομένους, τὰ δὲ πράγματα εἰς τοῦτο προήκοντα,
ὥστε, ὅπως μὴ πεισόμεθα αὐτοὶ πρότερον κακῶς,
σκέψασθαι δέον. [2] Οὐδὲν οὖν ἄλλο μοι δοκοῦσιν οἱ
τὰ τοιαῦτα λέγοντες, ἢ τὴν ὑπόθεσιν, περὶ ἧς βου-
λεύεσθε, οὐχὶ τὴν οὖσαν παριστάντες ὑμῖν, ἁμαρ-
τάνειν. [3] Ἐγὼ δ' ὅτι μέν ποτ' ἐξῆν τῇ πόλει καὶ
τὰ αὑτῆς ἔχειν ἀσφαλῶς καὶ Φίλιππον τιμωρήσασθαι, καὶ μάλα ἀκριβῶς οἶδα · ἐπ' ἐμοῦ γάρ, οὐχὶ
πάλαι, γέγονε ταῦτα ἀμφότερα. [4] Νῦν μέντοι πέπεισμαι τοῦθ' ἱκανὸν προλαβεῖν ἡμῖν εἶναι τὴν πρώτην, ὅπως τοὺς συμμάχους σώσομεν. Ἐὰν γὰρ τοῦτο
βεβαίως ὑπάρξῃ, τότε καὶ περὶ τοῦ τίνα τρόπον
τιμωρήσεταί τις ἐκεῖνον, ἐξέσται σκοπεῖν · πρὶν δὲ
τὴν ἀρχὴν ὀρθῶς ὑποθέσθαι, μάταιον ἡγοῦμαι περὶ
τῆς τελευτῆς ὁντινοῦν ποιεῖσθαι λόγον.

1. Οὐχὶ ταὐτὰ... ἀκούω. Cf. Sall. Catil. c. 52. *Longe mihi alia
mens est, P. C., quum res atque pericula nostra considero, et
quum sententias nonnullorum mecum reputo.* — Il y a une légère
différence dans la signification des deux *prépositions* εἰς et πρός, et
cette différence tient à la différence des *substantifs* auxquels elles
sont jointes. Cf. Olynth. I. p. 26. Ὅταν εἰς τὰ πράγματα ἀποβλέψητε.
Or. adv. Theocr. p. 1329. Μὴ πρὸς τοὺς ἐμοὺς λόγους... ἀποβλέποντες.

DÉMOSTHÈNE

DEUXIÈME OLYNTHIENNE.

*,La situation me paraît bien différente, Athéniens, suivant que j'examine nos affaires ou que je considère les discours de nos orateurs : ceux-ci nous parlent de punir les injures de Philippe, et l'état de affaires en est venu à ce point, qu'il nous faut d'abord chercher comment nous serons nous-mêmes à l'abri du danger. Ces orateurs, à mon avis, ne font donc que se tromper grandement, et ils ne vous présentent pas le véritable objet de la délibération. Sans doute, dans le principe, la ville pouvait à la fois conserver ce qui lui appartient et se venger de Philippe, je le sais parfaitement ; j'ai vu moi-même, et ce temps n'est pas éloigné, qu'elle pouvait l'un et l'autre ; toutefois pour l'heure je suis persuadé qu'il nous suffit, avant tout, de prendre des mesures pour sauver nos alliés. Ce point une fois obtenu, nous pourrons penser aux moyens de réduire Philippe ; mais, si l'on n'a d'abord établi solidement ce qui doit précéder, je crois inutile de raisonner sur ce qui doit suivre.

---

* On a suivi la traduction d'Auger, toutes les fois qu'elle a paru se rapprocher assez du texte.

2. Οὐδὲν οὖν ἄλλο, ποιεῖν sc.

3. Ἐπ' ἐμοῦ signifie ici simplement *de mon temps*.

4. Τοῦθ' ἱκανὸν... Constr. : τοῦτο εἶναι ἱκανὸν ἡμῖν προλαβεῖν τὴν πρώτην, ὅπως.. — Τὴν πρώτην a le même sens que τὸ πρῶτον. On peut sous-entendre divers *substantifs*, soit ὁδόν, soit plutôt ici ἀφορμήν.

¹ Ὁ μὲν οὖν παρὼν καιρός, ὦ ἄνδρες Ἀθηναῖοι,
εἴπερ ποτέ, πολλῆς φροντίδος καὶ βουλῆς δεῖται.
Ἐγὼ δέ, οὐχ ὅ τι χρὴ περὶ τῶν παρόντων συμβου-
λεῦσαι χαλεπώτατον ἡγοῦμαι, ἀλλ᾽ ἐκεῖνο ἀπορῶ,
τίνα χρὴ τρόπον, ὦ ἄνδρες Ἀθηναῖοι, πρὸς ὑμᾶς
περὶ αὐτῶν εἰπεῖν. Πέπεισμαι γάρ, ἐξ ὧν παρὼν καὶ
ἀκούων σύνοιδα, τὰ πλείω τῶν πραγμάτων ὑμᾶς
ἐκπεφευγέναι τῷ μὴ βούλεσθαι τὰ δέοντα ποιεῖν,
οὐ τῷ μὴ συνιέναι. ² Ἀξιῶ δὲ ὑμᾶς, ἂν μετὰ παρ-
ρησίας ποιῶμαι τοὺς λόγους, ὑπομένειν, τοῦτο θεω-
ροῦντας, εἰ τἀληθῆ λέγω, καὶ διὰ τοῦτο, ἵνα τὰ
λοιπὰ βελτίω γένηται· ὁρᾶτε γάρ, ὡς, ἐκ τοῦ πρὸς
χάριν δημηγορεῖν ἐνίους, εἰς πᾶν προελήλυθε μοχθηρίας τὰ παρόντα πράγματα. Ἀναγκαῖον δὲ ὑπο-
λαμβάνω μικρὰ τῶν γεγενημένων πρῶτον ὑμᾶς ὑπο-
μνῆσαι.

³ Μέμνησθε, ὦ ἄνδρες Ἀθηναῖοι, ὅτ᾽ ἀπηγγέλθη
Φίλιππος ὑμῖν ἐν Θρᾴκῃ, τρίτον ἢ τέταρτον ἔτος
τουτί, Ἡραῖον τεῖχος πολιορκῶν. ⁴ Τότε τοίνυν μὴν
μὲν ἦν Μαιμακτηριών· πολλῶν δὲ λόγων καὶ θορύ-
βου γιγνομένου παρ᾽ ὑμῖν, ἐψηφίσασθε τετταράκοντα
τριήρεις καθέλκειν, καὶ τοὺς μέχρι πέντε καὶ τετταράκοντα ἐτῶν αὐτοὺς ἐμβαίνειν, καὶ τάλαντα ἑξή-
κοντα εἰσφέρειν. ⁵ Καὶ μετὰ ταῦτα διελθόντος τοῦ
ἐνιαυτοῦ τούτου, Ἑκατομβαιών, Μεταγειτνιών,
Βοηδρομιών· τούτου τοῦ μηνὸς μόγις μετὰ τὰ μυ-

1. Τίνα χρὴ τρόπον... Démosthène prépare ses auditeurs à écouter
une proposition qui doit nécessairement leur déplaire.

2. Ἐκ τοῦ πρὸς χάριν δημηγορεῖν ἐνίους, litt. : « de ce que quelques
uns parlent au peuple pour lui complaire ». Le mot δημηγορεῖν est
presque toujours pris dans un sens défavorable. — Εἰς πᾶν μοχθηρίας :
« à une ruine complète », comme on dirait εἰς τοῦτο μοχθηρίας. V.
Burn. § 298, III.

3. Τρίτον...« Il y a maintenant trois ou quatre ans». V. Burn. § 345.
— Ἡραῖον τεῖχος. La forteresse d'Hérée, située près de Byzance, sur

La circonstance présente, Athéniens, exige aujourd'hui plus que jamais une délibération sérieuse et réfléchie. Pour moi, ce n'est pas le conseil à vous donner aujourd'hui qui me paraît le plus difficile ; ce qui m'embarrasse, Athéniens, c'est la manière de vous le présenter. Car je suis convaincu, d'après ce que j'ai ouï dire et ce que j'ai vu moi-même, que vous avez laissé échapper la plupart des occasions, non pour ne pas savoir, mais pour ne pas vouloir agir comme il le fallait. Souffrez donc, je vous prie, que je vous parle avec franchise, et considérez seulement si je vous dis la vérité, sans autre intention que de rendre pour la suite votre situation meilleure. Vous le voyez vous-même, c'est la lâche complaisance de quelques orateurs qui vous a réduits au triste état où vous êtes. Au reste, il me paraît nécessaire avant tout de vous remettre sous les yeux quelques faits passés.

Vous vous rappelez, sans doute, Athéniens, lorsqu'on vous annonça, il y a trois ou quatre ans, que Philippe assiégeait dans la Thrace la forteresse d'Hérée ; c'était au mois Mémactérion. Après bien des discours et bien du tumulte, vous décidâtes de mettre en mer quarante vaisseaux, de faire embarquer tous les citoyens jusqu'à l'âge de quarante-cinq ans, et de lever une contribution de soixante talents. Cependant l'année se passe ; viennent les mois Hécatombéon, Métagitnion, Boédromion. Dans

la côte du pont-Euxin, était d'une grande importance pour Athènes, qui tirait de ce pays une grande partie de ses blés.

4. Le mois *Mémactérion* était le cinquième de l'année Athénienne. Pour la correspondance avec les mois de l'année Julienne, voyez les dictionnaires. — Καθέλκειν : « mettre à la mer », et par conséquent préparer pour l'expédition.

5. Ἑκ., Μετ., Βοηδρ., διήρχετο sc. Ces trois mois étaient les trois premiers de l'année ; il y avait donc dix mois que le décret avait été porté. — Μετὰ τὰ Μυστήρια, Ἐλευσίνια sc. Les fêtes d'Eleusis commençaient le quinze de Boédromion, et duraient jusqu'au vingt-trois. — Κενάς, *vides* de citoyens. — *Charidème*, Oritain de naissance, avait reçu le droit de cité dans Athènes.

στήρια, δέκα ναῦς ἀπεστείλατε ἔχοντα κενὰς Χαρί-
δημον καὶ πέντε τάλαντα ἀργυρίου. [1] Ὡς γὰρ ἠγ-
γέλθη Φίλιππος ἀσθενῶν ἢ τεθνεὼς (ἦλθε γὰρ ἀμφότερα), οὐκέτι καιρὸν οὐδένα τοῦ βοηθεῖν νομίσαντες,
ἀφεῖτε, ὦ ἄνδρες Ἀθηναῖοι, τὸν ἀπόστολον. Ἦν δ'
οὗτος ὁ καιρὸς αὐτός· εἰ γὰρ τότε ἐκεῖσε ἐβοηθή-
σαμεν, ὥσπερ ἐψηφισάμεθα, προθύμως, οὐκ ἂν
ἠνώχλει νῦν ἡμῖν ὁ Φίλιππος σωθείς. Τὰ μὲν δὴ τότε
πραχθέντα οὐκ ἂν ἄλλως ἔχοι· νῦν δ' ἑτέρου πολέμου καιρός ἥκει τις, δι' ὃν καὶ περὶ τούτων ἐμνή-
σθην, ἵνα μὴ ταὐτὰ πάθητε. [2] Τί δὴ χρησόμεθα,
ὦ ἄνδρες Ἀθηναῖοι, τούτῳ; Εἰ γὰρ μὴ βοηθήσετε
παντὶ σθένει κατὰ τὸ δυνατόν, θεάσασθε ὃν τρόπον
ὑμεῖς ἐστρατηγηκότες πάντα ἔσεσθε ὑπὲρ Φιλίππου.

[3] Ὑπῆρχον Ὀλύνθιοι δύναμίν τινα κεκτημένοι, καὶ
διέκειθ' οὕτω τὰ πράγματα· οὔτε Φίλιππος ἐθάρρει
τούτους, οὔθ' οὗτοι Φίλιππον. [4] Ἐπράξαμεν ἡμεῖς
κἀκεῖνοι πρὸς ἡμᾶς εἰρήνην· ἦν τοῦτο ὥσπερ ἐμ-
πόδισμά τι τῷ Φιλίππῳ καὶ δυσχερές, πόλιν μεγάλην
ἐφορμεῖν τοῖς ἑαυτοῦ καιροῖς διηλλαγμένην πρὸς ἡμᾶς.
Ἐκπολεμῶσαι δεῖν ᾠόμεθα τοὺς ἀνθρώπους ἐκ παντὸς
τρόπου· καὶ ὃ πάντες ἐθρύλλουν τέως, τοῦτό πέ-
πρακται νυνὶ ὁπωσδήποτε. [5] Τί οὖν ὑπόλοιπον, ὦ
ἄνδρες Ἀθηναῖοι, πλὴν βοηθεῖν ἐρρωμένως καὶ προ-

1. Ἦλθε γὰρ ἀμφότερα : « car les deux nouvelles sont arrivées ».
Ἔρχεσθαι se dit plutôt de la nouvelle, et ἥκειν du messager qui
l'apporte.

2. Εἰ γὰρ μὴ... Γάρ répond à une proposition s.-ent. comme celle-
ci : « il faut agir avec zèle », car... — Παντὶ σθ. κ. τὸ δ. : « de toutes
vos forces et de tout votre pouvoir », pléonasme qui sert à insister
sur l'idée. — Θεάσασθε ὃν τρόπον. Démosthène va présenter le tableau
de la situation.

3. Δύναμίν τινα : « une puissance considérable », on dit de même
en français une certaine puissance. Cf. plus haut : καιρὸς ἥκει τις,

ce dernier mois à peine vous envoyâtes Charidème avec dix vaisseaux vides et cinq talents d'argent. En effet, comme on vous avait annoncé que Philippe était malade, ou même qu'il était mort (on vous annonça l'un et l'autre), jugeant tous les secours désormais inutiles, vous renonçâtes à la flotte. Toutefois, c'était là le moment. Car si nous avions alors secouru Hérée avec autant d'ardeur que nous l'avions décidé, Philippe, revenu en santé, ne nous inquièterait pas tant aujourd'hui. Mais on ne peut changer ce qui est fait. Maintenant une nouvelle occasion se présente, et c'est elle qui me porte à vous rappeler une ancienne faute pour que vous n'y retombiez pas de nouveau. Comment donc, Athéniens, profiter de la conjoncture? Observez, je vous prie, si vous ne secourez Olynthe de toutes vos forces et de tout votre pouvoir, comment vous aurez vous-mêmes secondé les conquêtes de Philippe.

Les Olynthiens possédaient naguère une certaine puissance, et telle était la situation des affaires : Philippe n'osait se commettre avec eux, ni eux avec Philippe. Quant à nous, nous avions conclu la paix avec Olynthe; et c'était pour ce prince un contre temps assez fâcheux de voir à ses portes, réconciliée avec nous, une ville puissante, toujours attentive à saisir les occasions. Nous pensions qu'il ne fallait rien négliger pour les mettre aux prises l'un et l'autre. Ce qui faisait alors le sujet de tous les entretiens, le voilà enfin arrivé, n'importe comment. Que nous reste-t-il donc à faire, Athéniens, sinon de secourir les Olynthiens avec promptitude et avec vigueur?

où τὶς a aussi le sens de; «important». V. Matth. Gr. gr. § 487, 5. Viger. p. 152. On emploie dans le même sens en latin le mot *aliquis*. — Ἐθάῤῥει τούτους : « se commettait avec eux ».

4. Ἐφορμεῖν τ. ἑ. κ.: « épier les occasions qu'il lui offrirait ». Ἐφορμεῖν, expression *métaphorique*, se dit au propre d'une flotte qui bloque un port et se tient en observation. Ἑαυτοῦ, au lieu de αὑτοῦ, comme si le sujet de la *proposition* principale était ὁ Φίλιππος.

5. Ἐγὼ μὲν οὖν ὁρῶ, sc. τί ὑπόλοιπον, πλήν. — Περιστάσης ἄν. Sur

θύμως; ἐγὼ μὲν οὐχ ὁρῶ· χωρὶς γὰρ τῆς περιστάσης
ἂν ἡμᾶς αἰσχύνης, εἰ καθυφείμεθά τι τῶν πραγμάτων, οὐδὲ τὸν φόβον, ὦ ἄνδρες Ἀθηναῖοι, μικρὸν
ὁρῶ τὸν τῶν μετὰ ταῦτα, ἐχόντων μὲν ὡς ἔχουσι
Θηβαίων ἡμῖν, ἀπειρηκότων δὲ χρήμασι Φωκέων,
μηδενὸς δ' ἐμποδὼν ὄντος Φιλίππῳ τὰ παρόντα κα-
ταστρεψαμένῳ πρὸς ταῦτα ἐπικλῖναι τὰ πράγματα.
¹ Ἀλλὰ μὴν εἴ τις ὑμῶν εἰς τοῦτο ἀναβάλλεται
ποιήσειν τὰ δέοντα, ἰδεῖν ἐγγύθεν βούλεται τὰ δεινά,
ἐξὸν ἀκούειν ἄλλοθι γιγνόμενα, καὶ βοηθοὺς ἑαυτῷ
ζητεῖν, ἐξὸν νῦν ἑτέροις αὐτὸν βοηθεῖν· ὅτι γὰρ εἰς
τοῦτο περιστήσεται τὰ πράγματα, ἐὰν τὰ παρόντα
προώμεθα, σχεδὸν ἴσμεν ἅπαντες δήπου.

Ἀλλ' ὅτι μὲν δὴ δεῖ βοηθεῖν, εἴποι τις ἄν, πάντες ἐγνώκαμεν, καὶ βοηθήσομεν· τὸ δὲ ὅπως, τοῦτο
λέγε. ² Μὴ τοίνυν, ἄνδρες Ἀθηναῖοι, θαυμάσητε,
ἂν παράδοξον εἴπω τι τοῖς πολλοῖς· νομοθέτας καθ-
ίστατε. ³ Ἐν δὲ τούτοις τοῖς νομοθέταις μὴ θῆσθε
νόμον μηδένα (εἰσὶ γὰρ ἱκανοὶ ὑμῖν), ἀλλὰ τοὺς εἰς
τὸ παρὸν βλάπτοντας ὑμᾶς λύσατε. ⁴ Λέγω δὲ τοὺς
περὶ τῶν θεωρικῶν, σαφῶς οὑτωσί, καὶ τοὺς περὶ
τῶν στρατευομένων ἐνίους, ὧν οἱ μὲν τὰ στρατιωτικὰ
τοῖς οἴκοι μένουσι διανέμουσι θεωρικά, οἱ δὲ τοὺς

---

l'emploi de ἄν avec le *participe* V. Matth. § 598, 6. — Θηβαίων.
Les Thébains étaient ennemis d'Athènes, qui depuis les batailles de
Leuctres et de Mantinée favorisait Lacédémone.—Φωκέων. Le trésor
des Phocéens était épuisé par les dépenses dans lesquelles la guerre
sacrée les avait engagés. — Τὰ παρόντα, le siège d'Olynthe; πρὸς
ταῦτα τὰ πράγματα, la guerre contre Athènes.

1. Ἐξὸν : « lorsqu'il est permis ». V. Burn. § 370, IV.— Δήπου,
rejeté ainsi à la fin de la phrase, a un sens *ironique*, et répond à peu
près à l'expression française, *je le pense*.

2. Les Nomothètes étaient des magistrats chargés d'examiner et
de préparer les lois.

3. Ἐν δὲ τούτοις τοῖς νομοθέταις : « par ces nomothètes ».V. Matth.
§ 577, 7°.

Non, je ne vois pas d'autre conduite à tenir. Car, sans parler de la honte dont nous nous couvririons, si nous abandonnions par négligence quelque partie des affaires, je ne vois pas dans l'avenir de faibles sujets de crainte, les Thébains étant aussi mal disposés à notre égard qu'il le sont, le trésor des Phocéens étant épuisé, et rien n'empêchant Philippe de tomber sur l'Attique après avoir conquis Olynthe. Différer jusque là de faire ce qu'il faut, c'est vouloir de ses yeux voir le danger, lorsqu'on peut l'entendre menacer au loin, et se mettre dans le cas d'implorer bientôt le secours d'autrui, lorsqu'on peut actuellement secourir les autres. Car les choses en viendront là, si nous laissons échapper l'occasion ; nous en sommes tous à peu près sûrs, je le pense.

Nous sommes convaincus, dira-t-on peut-être, de la nécessité de secourir Olynthe, et nous la secourrons ; mais le moyen, dites-le-nous. Ecoutez donc, Athéniens, écoutez sans surprise un avis auquel plusieurs d'entre vous ne s'attendent pas. Nommez des Nomothètes, non pour établir des lois, vous en avez déjà bien assez, mais pour abolir celles qui vous sont nuisibles dans la circonstance. En termes clairs, je parle ici des lois sur le théâtre, et de quelques unes aussi sur le service militaire. Les unes distribuent les fonds de l'armée en solde de spectacle à des citoyens qui restent à la maison, les autres assurent

---

4. Il existait dans le trésor public un fonds de réserve, institué pour subvenir aux besoins pressants de l'état. Périclès, en vue de flatter le peuple, proposa que sur cette somme on prélevât deux oboles, pour procurer aux citoyens pauvres leur entrée gratuite dans les spectacles ; en cas de guerre, la totalité devait faire retour à ce service. Le peuple, craignant les suites d'une telle restriction, avait rendu un décret portant peine de mort contre quiconque le priverait de cet avantage, en proposant d'appliquer à la guerre l'allocation destinée au théâtre. — Σαφῶς οὑτωσί : « cela est (parler) clairement ». Il s'était exprimé d'abord avec précaution.

ἀτακτοῦντας ἀθώους καθιστᾶσιν, εἶτα καὶ τοὺς τὰ
δέοντα ποιεῖν βουλομένους ἀθυμοτέρους ποιοῦσιν.
Ἐπειδὰν δὲ ταῦτα λύσητε καὶ τὴν τοῦ τὰ βέλτιστα
λέγειν ὁδὸν παράσχητε ἀσφαλῆ, τηνικαῦτα τὸν γρά-
ψοντα ἃ πάντες ἴστε ὅτι συμφέρει ζητεῖτε. Πρὶν
δὲ ταῦτα πρᾶξαι, μὴ σκοπεῖτε, τίς εἰπὼν τὰ βέλτιστα ὑπὲρ ὑμῶν, ὑφ' ὑμῶν ἀπολέσθαι βουλήσεται ·
οὐ γὰρ εὑρήσετε, ἄλλως τε καὶ τούτου μόνου περι-
γίγνεσθαι μέλλοντος, παθεῖν ἀδίκως τι κακὸν τὸν
ταῦτ' εἰπόντα καὶ γράψαντα, μηδὲν δὲ ὠφελῆσαι τὰ
πράγματα, ἀλλὰ καὶ εἰς τὸ λοιπὸν μᾶλλον ἔτι ἢ νῦν
τὸ τὰ βέλτιστα λέγειν φοβερώτερον ποιῆσαι. [1] Καὶ
λύειν γε, ὦ ἄνδρες Ἀθηναῖοι, τοὺς νόμους δεῖ τούτους τοὺς αὐτοὺς ἀξιοῦν, οἵπερ καὶ τεθείκασιν. [2] Οὐ
γάρ ἐστι δίκαιον τὴν μὲν χάριν, ἢ πᾶσαν ἔβλαψε
τὴν πόλιν, τοῖς τότε θεῖσιν ὑπάρχειν, τὴν δ' ἀπέ-
χθειαν, δι' ἧς ἂν ἅπαντες ἄμεινον πράξαιμεν, τῷ
νῦν τὰ βέλτιστα εἰπόντι ζημίαν γενέσθαι. Πρὶν δὲ
ταῦτα εὐτρεπίσαι, μηδαμῶς, ὦ ἄνδρες Ἀθηναῖοι,
μηδένα ἀξιοῦτε τηλικοῦτον εἶναι παρ' ὑμῖν, ὥστε τοὺς
νόμους τούτους παραβάντα μὴ δοῦναι δίκην, μηδ'
οὕτως ἀνόητον, ὥστε εἰς πρόῦπτον κακὸν αὐτὸν ἐμ-
βαλεῖν.

[3] Οὐ μὴν οὐδ' ἐκεῖνό γ' ὑμᾶς ἀγνοεῖν δεῖ, ὦ ἄνδρες Ἀθηναῖοι, ὅτι ψήφισμα οὐδενὸς ἄξιόν ἐστιν, ἂν
μὴ προσγένηται τὸ ποιεῖν ἐθέλειν τά γε δόξαντα προθύμως ὑμᾶς. Εἰ γὰρ αὐτάρκη τὰ ψηφίσματα ἦν ἢ
ὑμᾶς ἀναγκάζειν ἃ προσήκει πράττειν, ἢ περὶ ὧν ἂν

---

1. Constr. : καὶ δεῖ (ὑμᾶς) ἀξιοῦν τοὺς αὐτοὺς λύειν τούτους τοὺς
νόμους, οἵπερ καὶ τεθείκασι.
2. Τὴν χάριν, ἢ ἔβλαψε : « la faveur (attachée à une proposition)
qui a ruiné la ville »; τὴν ἀπεχθειαν, δι' ἧς....: « l'odieux (d'un pro-
jet) par lequel »…. Ce n'est pas en effet la faveur ou la haine qui

l'impunité à ceux qui refusent de servir , et par là découragent ceux qui sont prêts à faire leur devoir. Lorsque vous aurez aboli ces lois , et que vous aurez ouvert une voie plus sûre aux sages conseils, cherchez un orateur qui propose le décret que tous vous jugez nécessaire. Avant cela ne comptez pas que personne hasarde en travaillant pour vous d'être par vous-mêmes condamné à périr ; vous n'en trouverez pas , d'autant plus que voici tout ce qui en résulterait : celui qui vous aurait donné les meilleurs conseils souffrirait un injuste traitement , sans faire le bien de la république , et d'ailleurs il ferait redouter plus encore de vous adresser de tels avis. C'est à ceux qui ont établi les lois , Athéniens , qu'il faut en demander l'abolition ; il ne serait pas juste que les auteurs de ces lois , qui ont perdu la ville , continuassent à jouir de vos bonnes grâces , tandis que votre haine serait l'unique récompense de l'orateur dont la sagesse nous aurait tous sauvés. Non , avant d'avoir réglé ce que je vous dis , n'espérez pas trouver parmi vous un citoyen assez accrédité pour attaquer impunément de pareilles lois , ou assez insensé pour se jeter lui-même dans un péril manifeste.

Il faut encore que vous le sachiez bien , Athéniens , un décret est complètement inutile, si vous n'y joignez une volonté ferme de faire sans délai ce qu'il ordonne. Si les décrets seuls étaient suffisants pour vous faire exé-

a pu ruiner ou qui sauvera la ville ; ce sont les projets , ou mieux encore les faits, auxquels s'attache cette faveur ou cette haine. Du reste l'*ellipse* donne ici beaucoup plus de force à la pensée de l'orateur.

3. Μήν γε, ἀλλὰ μήν γε servent à marquer un développement nouveau d'une idée sur laquelle on veut insister. Cf. Xen.Mem. Socr. I, c. 1, §§ 6, 10, 25. — Constr. : ἂν τὸ ὑμᾶς ἐθέλειν ποιεῖν προθύμως τά γε δόξαντα μὴ προσγένηται. Γε sert à relever τὰ δόξαντα.

γραφῇ διαπράξασθαι, οὔτ' ἂν ὑμεῖς, πολλὰ ψηφιζό-
μενοι, μικρά, μᾶλλον δ' οὐδὲν ἐπράττετε τούτων,
οὔτε Φίλιππος τοσοῦτον ὕβρίχει χρόνον · [1] πάλαι γὰρ
ἂν ἕνεκά γε ψηφισμάτων ἐδεδώκει δίκην. Ἀλλ' οὐχ
οὕτω ταῦτ' ἔχει· τὸ γὰρ πράττειν τοῦ λέγειν καὶ χειροτονεῖν ὕστερεν ὂν τῇ τάξει, πρότερον τῇ δυνάμει
καὶ κρεῖττόν ἐστι. [2] Τοῦτ' οὖν δεῖ προσεῖναι, τὰ δ'
ἄλλα ὑπάρχει. Καὶ γὰρ εἰπεῖν τὰ δέοντα παρ' ὑμῖν
εἰσιν, ὦ ἄνδρες Ἀθηναῖοι, δυνάμενοι, καὶ γνῶναι
πάντων ὑμεῖς ὀξύτατοι τὰ ῥηθέντα, καὶ πρᾶξαι δὲ
δυνήσεσθε νῦν, ἐὰν ὀρθῶς ποιῆτε.

Τίνα γὰρ χρόνον ἢ τίνα καιρόν, ὦ ἄνδρες Ἀθηναῖοι, τοῦ παρόντος βελτίω ζητεῖτε; ἢ πότε ἃ δεῖ
πράξετε, εἰ μὴ νῦν; Οὐχ ἅπαντα μὲν ὑμῶν προεί-
ληφε τὰ χωρία ἄνθρωπος; [3] Εἰ δὲ καὶ ταύτης κύριος
τῆς χώρας γενήσεται, πάντων αἴσχιστα πεισόμεθα.
[4] Οὐχ οὕς, εἰ πολεμήσαιεν, ἑτοίμως σώσειν ὑπισχνού-
μεθα, οὗτοι νῦν πολεμοῦνται; Οὐκ ἐχθρός; Οὐκ
ἔχων τὰ ἡμέτερα; [5] Οὐ βάρβαρος; Οὐχ ὅ τι ἂν εἴποι
τις; Ἀλλὰ πρὸς θεῶν, ἅπαντα ταῦτα ἐάσατες, καὶ
μονονουχὶ συγκατασκευάσαντες αὐτῷ, τότε ντοὺς αἰ-
τίους, οἵτινές εἰσι, τούτων ζητήσομεν; Οὐ γὰρ αὐτοί
γ' αἴτιοι φήσομεν εἶναι, σαφῶς οἶδα τοῦτ' ἐγώ. Οὐδὲ
γὰρ ἐν τοῖς τοῦ πολέμου κινδύνοις τῶν φυγόντων οὐ-

1. Ἕνεκά γε ψηφισμάτων : « du moins pour ce qui concerne les
décrets ». Cf. Matth. § 576.
2. Τοῦτο, τὸ πράττειν sc. ; τὰ ἄλλα, sc. τὸ λέγειν καὶ χειροτονεῖν.
3. Ταύτης... τῆς χώρας, sc. τῆς περὶ Ὄλυνθον καὶ αὐτῆς τῆς Ὀλύν-
θου. Οὗτος joint à un nom de lieu ne désigne pas seulement le lieu
où se trouve l'orateur, mais un lieu important, celui dont il est
surtout question.

cuter ce qu'ils portent ou pour l'exécuter eux-mêmes, vous ne verriez pas, après tant de décrets, vos affaires n'avancer que si peu, ou plutôt point du tout ; Philippe ne nous insulterait pas depuis tant d'années ; déjà depuis longtemps, s'il n'eût tenu qu'aux décrets, il eût reçu le châtiments qu'il mérite. Mais les choses ne vont point ainsi. Quoique la parole et la décision marchent avant l'action, l'action est la première pour l'excellence et l'efficacité. Veuillez donc seulement agir, le reste ne vous manque pas. Oui, il est parmi vous, Athéniens, des orateurs capables de vous donner d'excellents conseils ; vous manquez moins que d'autres de la pénétration nécessaire pour les apprécier ; et, pour agir, vous le pouvez dès à présent, si vous êtes sages.

Eh! quel autre temps, Athéniens, quelle occasion plus favorable attendez-vous ? Quand feriez-vous ce que vous devez, si ce n'est aujourd'hui ? Philippe ne s'est-il pas déjà emparé de toutes nos places ? s'il venait encore à se rendre maître d'Olynthe, ne serait-ce pas pour nous le comble de déshonneur ? Ceux auxquels nous promettions d'actifs secours, s'ils engageaient la guerre, ne sont-ils pas attaqués aujourd'hui ? Celui qui les attaque, n'est-ce pas notre ennemi ? le ravisseur de nos biens ? un barbare ? tout ce que vous voudrez enfin ! Mais peut-être après avoir tout abandonné à Philippe, et l'avoir presque secondé dans ses entreprises, nous chercherons quels peuvent être les auteurs de nos maux ; car ce n'est point à nous-mêmes que nous nous en prendrons, je le sais. Dans les hasards de la guerre, nul des fuyards ne s'en prend à lui

---

4. Εἰ πολεμήσαιεν. Auger donne, d'après quelques manuscrits, εἰ πολεμήσειεν ἐκεῖνος. L'autre leçon nous paraît préférable ; l'opposition est mieux marquée.

5. Οὐ βάρβαρος. La Macédoine ne faisait pas partie de la Grèce proprement dite.

6. Δήπου est ironique. V. plus haut : σχέδον ἴσμεν ἅπαντες δήπου.

δεὶς ἑαυτοῦ κατηγορεῖ, ἀλλὰ τοῦ στρατηγοῦ καὶ τῶν
πλησίον καὶ πάντων μᾶλλον · ⁶ ἥττηνται δ' ὅμως
διὰ πάντας τοὺς φυγόντας δήπου · μένειν γὰρ ἐξῆν
τῷ κατηγοροῦντι τῶν ἄλλων · εἰ δὲ τοῦτ' ἐποίει ἕκαστος, ἐνίκων ἄν. Καὶ νῦν, οὐ λέγει τις τὰ βέλτιστα;
ἀναστὰς ἄλλος εἰπάτω, μὴ τοῦτον αἰτιάσθω. Ἕτερος
λέγει τις βελτίω; ταῦτα ποιεῖτε ἀγαθῇ τύχῃ. ¹ Ἀλλ'
οὐχ ἡδέα ταῦτα; οὐκέτι τοῦθ' ὁ λέγων ἀδικεῖ, πλὴν
εἰ, δέον εὔξασθαι, παραλείπει. Εὔξασθαι μὲν γάρ, ὦ
ἄνδρες Ἀθηναῖοι, ῥᾴδιον, εἰς ταὐτὸ πάνθ' ὅσα βού-
λεταί τις, ἀθροίσαντα ἐν ὀλίγῳ · ἑλέσθαι δέ, ὅταν
περὶ πραγμάτων προτεθῇ σκοπεῖν, οὐκέθ' ὁμοίως εὔ-
πορον · ἀλλὰ δεῖ τὰ βέλτιστα ἀντὶ τῶν ἡδέων, ἂν
μὴ συναμφότερα ἐξῇ, λαμβάνειν.

Εἰ δέ τις ἡμῖν ἔχει καὶ τὰ θεωρικὰ ἐᾶν, καὶ πό-
ρους ἑτέρους λέγειν στρατιωτικούς, οὐχ οὗτος κρείτ-
των; εἴποι τις ἄν. Φήμ' ἔγωγε, εἴπερ ἔστιν, ὦ
ἄνδρες Ἀθηναῖοι. ² Ἀλλὰ θαυμάζω. εἴ τῷ ποτε ἀνθρώπων ἢ γέγονεν ἢ γενήσεται, ἂν τὰ παρόντα
ἀναλώσῃ πρὸς ἃ μὴ δεῖ, τῶν ἀπόντων εὐπορῆσαι πρὸς
ἃ δεῖ. ³ Ἀλλ', οἶμαι, μέγα τοῖς τοιούτοις ὑπάρχει
λόγοις ἡ παρ' ἑκάστου βούλησις, διόπερ ῥᾷστον ἁπάντων ἐστὶν αὐτὸν ἐξαπατῆσαι · ὃ γὰρ βούλεται, τοῦθ'
ἕκαστος καὶ οἴεται · τὰ δὲ πράγματα πολλάκις οὐχ
οὕτω πέφυκεν. Ὁρᾶτε οὖν, ὦ ἄνδρες Ἀθηναῖοι, ταῦθ'
οὕτως, ὅπως καὶ τὰ πράγματα ἐνδέχεται, καὶ δυνήσεσθε ἐξιέναι, καὶ μισθὸν ἕξετε. ⁴ Οὔ τοι σωφρόνων
οὐδὲ γενναίων ἐστὶν ἀνθρώπων, ἐλλείποντας τι δι'
ἔνδειαν χρημάτων τῶν τοῦ πολέμου, εὐχερῶς τὰ τοι-

1. Παραλείπει, εὔξασθαι sc.
2. Τῳ... ἀνθρώπων: « à quelqu'un des hommes ». — Τῶν ἀπόντων εὐπορῆσαι : « trouver des ressources dans ce qui manque ».
3. Μέγα... ὑπάρχει : « est d'un grand poids ».
4. Σωφρόνων fait particulièrement allusion à ἐλλείποντας... φέρειν,

même, mais à son général, à ses compagnons, à tout le monde. Cependant on n'a été vaincu que parce que tout le monde a fui, je le pense. Tel qui accuse les autres pouvait tenir ferme; et si chacun l'eût fait, on eût été vainqueur. De même à présent, un orateur ne vous donne-t-il pas le meilleur conseil; qu'un autre se lève, et, sans l'accuser, qu'il parle lui-même. Quelqu'un vous propose-t-il ce qu'il y a de mieux à faire; faites-le avec l'aide des dieux. Mais ses discours ne sont pas agréables. Il n'y a pas là de reproches à lui faire, à moins cependant qu'il n'ait omis de vous adresser les vœux obligés. Rien de plus facile en effet que de faire des vœux; il n'y a qu'à rassembler et réunir tout ce que l'on peut désirer. Mais faire un bon choix, lorsqu'il s'agit d'une délibération sérieuse, n'est pas chose aussi facile; il faut préférer l'utile à l'agréable, si on ne peut avoir l'un et l'autre.

Mais, dira-t-on, si on pouvait nous laisser les fonds du théâtre et nous indiquer pour la guerre d'autres revenus, ne serait-ce pas le meilleur ? Oui, sans doute, si la chose est possible, Athéniens. Je serais surpris néanmoins qu'il fût arrivé, ou que jamais il arrivât qu'un homme, qui a consumé en dépenses inutiles les fonds qu'il avait, trouve dans les fonds qu'il n'a pas de quoi fournir aux dépenses nécessaires. Les désirs de chacun donnent sans doute un grand poids à de pareils propos; rien de plus facile que de se tromper soi-même; chacun est porté à croire ce qu'il désire; mais la plupart du temps les affaires marchent tout autrement. Voyez donc, Athéniens, voyez les choses comme elles sont, et vous pourrez vous mettre en campagne, et vous aurez de quoi payer vos troupes. Car il n'est pas d'un peuple sage, ni d'un peuple généreux, de négliger, faute d'argent, ses préparatifs de guerre,

et γεννᾴον ἁ οὐδ' ἐπὶ μὲν Κορινθίους.... στρατευομένοις. —Κορινθίους καὶ Μεγαρέας (Les deux) peuples ne pouvaient, à l'époque de Dé-

αὖτα ὀνείδη φέρειν, οὐδ᾽ ἐπὶ μὲν Κορινθίους καὶ
Μεγαρέας, ἁρπάσαντας τὰ ὅπλα, πορεύεσθαι, Φίλιππον δ᾽ ἐᾶν πόλεις Ἑλληνίδας ἀνδραποδίζεσθαι, δι᾽
ἀπορίαν ἐφοδίων τοῖς στρατευομένοις.

¹ Καὶ ταῦτ᾽ οὐχ᾽ ἵν᾽ ἀπέχθωμαί τισιν ὑμῶν, τηγ-
άλλως προήρημαι λέγειν · οὐ γὰρ οὕτως ἄφρων οὐδ᾽
ἀτυχής εἰμι ἐγώ, ὥστε ἀπεχθάνεσθαι βούλεσθαι, μηδὲν ὠφελεῖν νομίζων · ἀλλὰ δικαίου πολίτου κρίνω
τὴν τῶν πραγμάτων σωτηρίαν ἀντὶ τῆς ἐν τῷ λέγειν
χάριτος αἱρεῖσθαι. ² Καὶ γὰρ τοὺς ἐπὶ τῶν προγόνων
ἡμῶν λέγοντας ἀκούω, ὥσπερ ἴσως καὶ ὑμεῖς, οὓς
ἐπαινοῦσι μὲν οἱ παριόντες ἅπαντες, μιμοῦνται δ᾽
οὐ πάνυ, τούτῳ τῷ ἔθει καὶ τῷ τρόπῳ τῆς πολιτείας
χρῆσθαι, τὸν Ἀριστείδην ἐκεῖνον, τὸν Νικίαν, τὸν ὁμώνυμον ἐμαυτῷ, τὸν Περικλέα. Ἐξ οὗ δ᾽ οἱ διερωτῶντες
ὑμᾶς οὗτοι πεφήνασι ῥήτορες · « Τί βούλεσθε ; Τί
γράψω ; Τί ὑμῖν χαρίσωμαι » ; ³ προπέποται τῆς
παραυτίκα ἡδονῆς καὶ χάριτος τὰ τῆς πόλεως πράγματα, καὶ τοιαυτὶ συμβαίνει, καὶ τὰ μὲν τούτων
πάντα καλῶς ἔχει, τὰ δ᾽ ὑμέτερα αἰσχρῶς. Καίτοι
σκέψασθε, ὦ ἄνδρες Ἀθηναῖοι, ἅ τις ἂν κεφάλαια
εἰπεῖν ἔχοι τῶν τ᾽ ἐπὶ τῶν προγόνων ἔργων καὶ τῶν
ἐφ᾽ ὑμῶν. Ἔσται δὲ βραχὺς καὶ γνώριμος ὑμῖν ὁ λό-
γος · ⁴ οὐ γὰρ ἀλλοτρίοις ὑμῖν χρωμένοις παραδεί-
γμασιν, ἀλλ᾽ οἰκείοις, ὦ ἄνδρες Ἀθηναῖοι, εὐδαίμοσιν ἔξεστι γενέσθαι.

mosthène, exciter les inquiétudes des Athéniens ; et une susceptibi-
lité exagérée pouvait seule mettre à ceux-ci les armes à la main.
Auger ne nous paraît pas avoir compris ce passage. Constr.: οὐδέ,
ἁρπάσαντας τὰ ὅπλα, πορεύεσθαι ἐπὶ Κορινθίους καὶ Μεγαρέας.

1. Ἀτυχής : « abandonné de la fortune ». On dit de même
κακοδαίμων et θεοβλαβής, « abandonné des dieux », en parlant d'un
homme qui semble agir contre toute raison.

puis de se soumettre tranquillement aux plus sanglants
outrages ; d'être prêt à courir aux armes pour combat-
tre les Corinthiens et les Mégariens , et de laisser Philippe assujétir les villes grecques, faute de pourvoir à la
subsistance du soldat.

Et je ne cherche pas, en parlant de la sorte, à choquer
imprudemment quelques uns d'entre vous ; je ne suis pas
assez insensé , assez abandonné de la fortune , pour m'at-
tirer la haine sans aucun espoir d'être utile. Mais je pense
qu'un bon citoyen doit préférer dans ses discours le salut
de sa patrie au désir d'être agréable. J'ai entendu dire ,
et vous aussi peut-être , que telle était la conduite et la
règle politique suivie par les orateurs du temps de nos
pères , ces orateurs que ceux d'aujourd'hui louent sans
les imiter , Aristide , Nicias , Périclès, et celui dont je
porte le nom. Depuis que l'on a vu paraître ces orateurs
complaisants qui vous demandent : « Que désirez-vous ?
Que proposerai-je ? En quoi vous serai-je agréable ? On sacrifie les intérêts de la république aux douceurs d'un
plaisir passager. Et de là qu'arrive-t-il ? vos orateurs
jouissent d'une fortune brillante , et l'état est couvert
d'opprobre. Mais, Athéniens, écoutez quelques mots sur
la différence de votre conduite et de celle de vos ancêtres.
Je ne serai pas long , et ne vous dirai rien qui ne vous
soit connu ; car, pour voir prospérer vos affaires, il vous
suffit des exemples que vous trouvez chez vous , vous
n'aurez pas besoin d'en chercher ailleurs.

2. Οἱ παριόντες : « ceux qui s'avancent » à la tribune, les orateurs. — Τὸν ὁμώνυμον. Cet *homonyme* était le général Démosthène,
collègue de Nicias dans le commandement de l'armée de Sicile.

3. Προπέποται. Harpocration, v. προπεπωκότες, ἀντὶ τοῦ προδε-
δωκότες ἐκ μεταφορᾶς. — Τούτων, τῶν ῥητόρων sc.

4. Εὐδαίμοσιν ἔξεστι γενέσθαι : *licet vobis esse beatis.* Cf. Matth.
§ 536.

¹ Ἐκεῖνοι τοίνυν, οἷς οὐκ ἐχαρίζονθ᾽ οἱ λέγοντες οὐδ᾽ ἐφίλουν αὐτούς, ὥσπερ ὑμᾶς οὗτοι νῦν, πέντε μὲν καὶ τετταράκοντα ἔτη τῶν Ἑλλήνων ἦρξαν ἑκόντων, πλείω δ᾽ ἢ μύρια τάλαντα εἰς τὴν ἀκρόπολιν ἀνήγαγον. ² Ὑπήκουε δὲ ὁ ταύτην τὴν χώραν ἔχων αὐτοῖς βασιλεύς, ὥσπερ ἐστὶ προσῆκον βάρβαρον Ἕλλησι· ³ πολλὰ δὲ καὶ καλὰ καὶ πεζῇ καὶ ναυμαχοῦντες ἔστησαν τρόπαια αὐτοὶ στρατευόμενοι, μόνοι δὲ ἀνθρώπων κρείττω τὴν ἐπὶ τοῖς ἔργοις δόξαν τῶν φθονούντων κατέλιπον. ⁴ Ἐπὶ μὲν δὴ τῶν Ἑλληνικῶν ἦσαν τοιοῦτοι· ἐν δὲ τοῖς κατὰ τὴν πόλιν αὐτὴν θεάσασθε ὁποῖοι ἔν τε τοῖς κοινοῖς καὶ τοῖς ἰδίοις. ⁵ Δημοσίᾳ μὲν τοίνυν οἰκοδομήματα καὶ κάλλη τοιαῦτα κατεσκεύασαν ἡμῖν ἱερῶν καὶ τῶν ἐν τούτοις ἀναθημάτων, ὥστε μηδενὶ τῶν ἐπιγιγνομένων ὑπερβολὴν λελεῖφθαι· ⁶ ἰδίᾳ δ᾽ οὕτω σώφρονες ἦσαν καὶ σφόδρα ἐν τῷ τῆς πολιτείας ἤθει μένοντες, ὥστε τὴν Ἀριστείδου καὶ τὴν Μιλτιάδου καὶ τῶν τότε λαμπρῶν οἰκίαν εἴ τις ἄρα οἶδεν ὑμῶν ὁποία ποτ᾽ ἐστίν, ὁρᾷ τῆς τοῦ γείτονος οὐδὲν σεμνοτέραν οὖσαν· ⁷ οὐ γὰρ εἰς περιουσίαν ἐπράττετο αὐτοῖς τὰ τῆς πόλεως, ἀλλὰ τὸ κοινὸν αὔξειν ἕκαστος ᾤετο δεῖν. ⁸ Ἐκ δὲ τοῦ τὰ μὲν Ἑλληνικὰ πιστῶς, τὰ δὲ πρὸς τοὺς θεοὺς εὐσεβῶς, τὰ δ᾽ ἐν αὐτοῖς ἴσως διοικεῖν, μεγάλην εἰκότως ἐκτήσαντο εὐδαιμονίαν.

---

1. Ἐκεῖνοι, οἱ πρόγονοι sc. — Οὐδ᾽ ἐφίλουν αὐτούς, pour καὶ οὓς οὐκ ἐφίλουν. Changement de tournure, passage du *pronom relatif* au *pronom personnel* ou *démonstratif*. Cf. Matth. § 472, 3. — Πέντε μὲν καὶ τετταράκοντα, depuis la défaite de Xerxès jusqu'au commencement de la guerre du Péloponnèse. — Ἀκρόπολιν : « l'Acropole », qui renfermait le trésor public.

2. Ταύτην τὴν χώραν désigne ici la Macédoine.

3. Ἐπὶ τοῖς ἔργοις. Ἐπί avec le *datif* a souvent le sens de « à cause de ». Cf. Matth. § 585. — Κρείττω τῶν φθονούντων : « supérieure à l'envie ».

Vos ancêtres donc à qui les orateurs ne faisaient pas leur cour, et qu'ils ne flattaient pas comme les vôtres vous flattent, ont commandé pendant quarante-cinq années à la Grèce qui reconnaissait leur empire; ils ont amassé dans le trésor plus de dix mille talents; le roi de Macédoine leur obéissait, comme un barbare doit obéir à des Grecs. Ils ont remporté sur terre et sur mer, avec leurs propres soldats, nombre de victoires célèbres, et, seuls d'entre tous les hommes, il ont acquis par leurs actions et laissé après eux une gloire supérieure à l'envie. Voilà ce qu'ils furent dans la Grèce; voici ce qu'ils étaient dans leurs villes comme hommes publics et comme particuliers : comme hommes publics, il nous ont construit de si beaux édifices, élevé un si grand nombre de temples superbes, suspendu dans ces temples de si riches offrandes, qu'ils n'ont laissé à leurs successeurs aucun moyen d'enchérir sur leur magnificence. Comme particuliers, ils étaient si simples et si attachés aux mœurs antiques, que, s'il en est parmi vous qui connaissent la maison d'Aristide, celle de Miltiade, et des autres grands hommes de ce temps-là, ils voient que rien ne les distingue des maisons voisines. Ce n'était pas pour augmenter leur fortune qu'ils prenaient part aux affaires, mais pour accroître la puissance publique, et chacun s'en faisait un devoir. Par leur bonne foi dans les affaires de la Grèce, leur piété envers les dieux, leur esprit d'égalité avec leurs concitoyens, ils parvinrent, comme ils le devaient, au comble de la prospérité.

4. Ἐπὶ... τῶν Ἑλληνικῶν : « dans les affaires de la Grèce ».

5. Οἰκοδομήματα opposé à ἱερά désigne les édifices publics destinés à l'ornement ou à la défense d'Athènes. — Κάλλη ἱερῶν. Expression abstraite qui ajoute à la pompe du discours.

6. Ἤθει : « le caractère » propre de la république qui était la tempérance et la simplicité.

7. Εἰς περιουσίαν, ἰδίαν αὐτῶν sc.

8. Ἴσως : « avec un esprit d'égalité ».

[1] Τότε μὲν δὴ τοῦτον τὸν τρόπον εἶχε τὰ πράγματα ἐκείνοις, χρωμένοις οἷς εἶπον προστάταις· νυνὶ δὲ πῶς ὑμῖν ὑπὸ τῶν χρηστῶν τούτων τὰ πράγματα ἔχει; ἆρά γε ὁμοίως καὶ παραπλησίως; [2] Καὶ τὰ μὲν ἄλλα σιωπῶ, πόλλ' ἂν ἔχων εἰπεῖν· ἀλλ' ὅσης ἅπαντες ὁρᾶτε ἐρημίας ἐπειλημμένοι, καὶ Λακεδαιμονίων μὲν ἀπολωλότων, Θηβαίων δὲ ἀσχόλων ὄντων, τῶν δ' ἄλλων οὐδενὸς ὄντος ἀξιόχρεω περὶ τῶν πρωτείων ἡμῖν ἀντιτάξασθαι, ἐξὸν δ' ἡμῖν καὶ τὰ ἡμέτερ' αὐτῶν ἀσφαλῶς ἔχειν καὶ τὰ τῶν ἄλλων δίκαια βραβεύειν, ἀπεστερήμεθα μὲν χώρας οἰκείας, πλείω δ' ἢ χίλια καὶ πεντακόσια τάλαντα ἀνηλώκαμεν εἰς οὐδὲν δέον· οὓς δ' ἐν τῷ πολέμῳ συμμάχους ἐκτησάμεθα, εἰρήνης οὔσης ἀπολωλέκασιν. οὗτοι, ἐχθρὸν δ' ἐφ' ἡμᾶς αὐτοὺς τηλικοῦτον ἠσκήκαμεν. Ἢ φρασάτω τις ἐμοὶ παρελθών, πόθεν ἄλλοθεν ἰσχυρὸς γέγονεν, ἢ παρ' ἡμῶν αὐτῶν Φίλιππος. [3] Ἀλλ', ὦ τάν, εἰ ταῦτα φαύλως, τά γ' ἐν αὐτῇ τῇ πόλει νῦν ἄμεινον ἔχει. Καὶ τί ἂν εἰπεῖν τις ἔχοι; τὰς ἐπάλξεις, ἃς κονιῶμεν, καὶ τὰς ὁδούς, ἃς ἐπισκευάζομεν, καὶ κρήνας, καὶ λήρους; [4] Ἀποβλέψατε δὴ πρὸς τοὺς ταῦτα πολιτευομένους, ὧν οἱ μὲν ἐκ πτωχῶν πλούσιοι γεγόνασιν, οἱ δ' ἐξ ἀδόξων ἔντιμοι, ἔνιοι δὲ τὰς ἰδίας οἰκίας τῶν δημοσίων οἰκοδομημάτων σεμνοτέρας εἰσὶ κατεσκευασμένοι, ὅσῳ δὲ τὰ τῆς πόλεως ἐλάττω γέγονε, τοσούτῳ τὰ τούτων ηὔξηται.

Τί δὴ τὸ πάντων αἴτιον τούτων, καὶ τί δήποτε

1. Ἐκείνοις, τοῖς ἡμῶν προγόνοις sc.

2. Ἐρημίας ἐπειλημμένοι. Ἐρημία désigne ici *l'absence des rivaux* qui puissent enlever l'empire aux Athéniens. — Ἐπιλαμβάνεσθαι, avec le *gén.*, « se saisir de, survenir sur ». — Λακεδαιμονίων... Θηβαίων. Les batailles de Leuctres et de Mantinée avaient ruiné la puissance de Lacédémone ; les Thébains étaient occupés de la guerre sacrée.

Voilà comment allaient jadis les affaires d'Athènes, sous les illustres chefs dont je parle ; comment vont-elles maintenant sous les honnêtes citoyens qui vous gouvernent ? Vont-elles de même, ou du moins à peu près ? Sans parler du reste (j'aurais trop à dire), vous voyez, par exemple, qu'en un temps où nous n'avons plus de rivaux en tête, où les Lacédémoniens sont abattus et les Thébains occupés chez eux, où nul autre peuple ne pour-rait nous disputer la prééminence ; où nous pourrions enfin conserver intact ce qui nous appartient et régler les intérêts des autres; (en ce temps, dis-je) nous sommes dé-pouillés de nos possessions, nous avons consumé plus de quinze cents talents en inutiles dépenses, perdu pendant la paix les alliés que nous nous étions faits pendant la guerre, et formé contre nous-mêmes un ennemi redouta-ble; ou que quelqu'un se lève, et me dise si d'autres que nous ont pu accroître à ce point la puissance de Philippe. Mais, dira-t-on, si les affaires du dehors sont en mauvais état, celles du dedans vont beaucoup mieux. Quelle preuve peut-on en donner ? des murs recrépis, des chemins ré-parés, des fontaines, des misères ? Voyez ceux dont l'ad-ministration nous a valu ces beaux résultats; ils ont passé, les uns de la misère à l'opulence, les autres de l'obscurité aux honneurs ; quelques uns se sont bâti des maisons plus magnifiques que les édifices publics : leur fortune a augmenté à mesure que l'état a dépéri.

Et quelle est la cause de ce désordre ? Pourquoi tout

3. Ὦ τάν : « ô toi ». C'est une *objection* que l'orateur suppose lui être adressée. Voyez sur la signification et l'étymologie de ce mot Matth. § 88, et la note sur ce passage.
4. Πτωχός : « mendiant », est une expression plus méprisante que πένης : « pauvre ».

ἄπαντ᾽ εἶχε καλῶς τότε, καὶ νῦν οὐκ ὀρθῶς ; [1] ὅτι τὸ μὲν πρῶτον καὶ στρατεύεσθαι τολμῶν αὐτὸς ὁ δῆμος δεσπότης τῶν πολιτευομένων ἦν καὶ κύριος αὐτὸς ἁπάντων τῶν ἀγαθῶν, καὶ ἀγαπητὸν ἦν παρὰ τοῦ δήμου τῶν ἄλλων ἑκάστῳ καὶ τιμῆς καὶ ἀρχῆς καὶ ἀγαθοῦ τινὸς μεταλαβεῖν. [2] Νῦν δὲ τοὐναντίον, κύριοι μὲν τῶν ἀγαθῶν οἱ πολιτευόμενοι, καὶ διὰ τούτων ἅπαντα πράττεται· ὑμεῖς δ᾽ ὁ δῆμος ἐκνενευρισμένοι καὶ περιηρημένοι χρήματα καὶ συμμάχους, ἐν ὑπηρέτου καὶ προσθήκης μέρει γεγένησθε, ἀγαπῶντες ἐὰν μεταδιδῶσι θεωρικῶν ὑμῖν, ἢ βοΐδια πέμψωσιν οὗτοι, καί, τὸ πάντων ἀνανδρότατον, τῶν ὑμετέρων αὐτῶν χάριν προσοφείλετε. Οἱ δ᾽ ἐν αὐτῇ τῇ πόλει καθείρξαντες ὑμᾶς ἐπάγουσιν ἐπὶ ταῦτα καὶ τιθασεύουσι, χειροήθεις αὐτοῖς ποιοῦντες. [3] Ἔστι δ᾽ οὐδέποτ᾽, οἶμαι, μέγα καὶ νεανικὸν φρόνημα λαβεῖν μικρὰ καὶ φαῦλα πράττοντας· ὁποῖ᾽ ἄττα γὰρ ἂν τὰ ἐπιτηδεύματα τῶν ἀνθρώπων ᾖ, τοιοῦτον ἀνάγκη καὶ τὸ φρόνημα ἔχειν. [4] Ταῦτα, μὰ τὴν Δήμητρα, οὐκ ἂν θαυμάσαιμι, εἰ μείζων εἰπόντι ἐμοὶ γένοιτο παρ᾽ ὑμῶν βλάβη τῶν πεποιηκότων αὐτὰ γενέσθαι· οὐδὲ γὰρ παρρησία περὶ πάντων ἀεὶ παρ᾽ ὑμῖν ἔστιν· ἀλλ᾽ ἔγωγε ὅτι καὶ νῦν γέγονε θαυμάζω.

[5] Ἐὰν οὖν ἀλλὰ νῦν γ᾽ ἔτι ἀπαλλαγέντες τούτων τῶν ἐθῶν, ἐθελήσετε στρατεύεσθαί τε καὶ πράττειν ἀξίως ὑμῶν αὐτῶν, καὶ ταῖς περιουσίαις ταῖς οἴκοι

1. Τῶν ἄλλων ἑκάστῳ dépend de ἀγαπητὸν ἦν. — Τῶν ἄλλων désigne ceux qui sont à la tête des affaires, en opposition avec ὁ δῆμος.

2. Ὑμεῖς δ᾽ ὁ δῆμος. Ὁ δῆμος, apposition à ὑμεῖς, en opposition avec οἱ πολιτευόμενοι. — Ἐν... προσθήκης μέρει, Litt. : « en rang d'accessoire », c.-à-d. servant à faire nombre. — Βοΐδια. Le diminutif est une expression de mépris. On faisait quelquefois des distributions de viande au peuple.

allait-il autrefois si bien, et va-t-il aujourd'hui si mal ?
C'est qu'autrefois le peuple, ne craignant pas de se mettre
lui-même en campagne, était maître des hommes publics,
arbitre de toutes les grâces ; chacun était content d'ob-
tenir de lui les honneurs, les dignités, tous les avantages.
Aujourd'hui, au contraire, les hommes publics disposent
de toutes les grâces, et tout se fait par eux ; vous autres,
peuple énervé, dépouillés de vos richesses et de vos alliés,
on vous regarde comme des valets, comme une populace
qui fait seulement nombre, trop heureux qu'on vous fasse
part des fonds du théâtre, qu'on vous distribue quelques
morceaux de viande ; et, ce qui est le comble de la lâcheté,
vous vous croyez redevables à ceux qui vous donnent
ce qui est à vous. Après vous avoir enfermés dans votre
ville, c'est ainsi qu'ils vous amorcent, vous aprivoisent,
vous rendent souples et dociles. Mais est-il possible que
des hommes qui vivent d'une manière basse et méprisa-
ble aient des sentiments nobles et élevés ? Tel est le genre
de vie que l'on mène, tels sont toujours les sentiments.
Pour moi, certes, je ne serais pas étonné que vous trai-
tassiez plus mal celui qui vous expose les désordres de
l'état, que ceux qui en sont les auteurs. Car vous ne nous
accordez pas toujours la liberté de tout dire ; je suis même
surpris que vous me l'accordiez en ce moment.

Toutefois si renonçant, dès aujourd'hui même, à votre
conduite passée, vous prenez la résolution de vous mettre en
campagne et d'agir comme vous devez, si vous employez

3. Ἄττα, *att.* pour τινά, Matth. § 151, Rem. 2. Il s'emploie
rarement sans un *adjectif*, Matth. § 487, 4.

4. Τῶν πεποιηκότων, pour ἢ τοῖς πεποιηκόσι. Cf. Matth. § 454.

5. Ἐὰν οὖν ἀλλὰ νῦν γ' ἔτι, Litt. : « si donc cependant maintenant du moins encore ». — Ἀξίως ὑμῶν αὐτῶν : « d'une manière
digne de vous ». V. Burn. § 330. — Καὶ ταῖς x, τ. λ. Constr.: καὶ
χρήσασθε ταῖς περιουσίαις ταῖς οἴκοι (χρησάμενοι) ταύταις (εὔσαις)
ἀφορμαῖς ἐπὶ x. τ. λ. — Λημμάτων, expression de mépris pour
désigner τὰ θεωρικά.

ταύταις ἀφορμαῖς ἐπὶ τὰ ἔξω τῶν ἀγαθῶν χρήσησθε, ἴσως ἄν, ἴσως, ὦ ἄνδρες Ἀθηναῖοι, τέλειόν τι καὶ μέγα κτήσαισθε ἀγαθὸν καὶ τῶν τοιούτων λημμάτων ἀπαλλαγείητε, ἃ τοῖς ἀσθενοῦσι παρὰ τῶν ἰατρῶν σιτίοις διδομένοις ἔοικε. [1] Καὶ γὰρ οὔτ' ἰσχὺν ἐκεῖνα ἐντίθησιν, οὔτ' ἀποθνήσκειν ἐᾷ· καὶ ταῦτα, ἃ νέμεσθε νῦν ὑμεῖς, οὔτε τοσαῦτά ἐστιν ὥστε ὠφέλειαν ἔχειν τινὰ διαρκῆ, οὔτ' ἀπογνόντας ἄλλο τι πράττειν ἐᾷ, ἀλλ' ἔστι ταῦτα τὴν ἑκάστου ῥαθυμίαν ὑμῶν ἐπαυξάνοντα.

[2] Οὐκοῦν σὺ μιστοφορὰν λέγεις; φήσει τις. [3] Καὶ παραχρῆμά γε τὴν αὐτὴν σύνταξιν ἁπάντων, ὦ ἄνδρες Ἀθηναῖοι, ἵνα, τῶν κοινῶν ἕκαστος τὸ μέρος λαμβάνων, ὅτου δέοιτο ἡ πόλις τοῦθ' ὑπάρχῃ. [4] Ἔξεστιν ἄγειν ἡσυχίαν; οἴκοι μένων εἶ βελτίων, τοῦ δι' ἔνδειαν ἀνάγκῃ τι ποιεῖν αἰσχρὸν ἀπηλλαγμένος. [5] Συμβαίνει τι τοιοῦτον, οἷον καὶ τὰ νῦν; στρατιώτης αὐτὸς ὑπάρχων ἀπὸ τῶν αὐτῶν τούτων λημμάτων, ὥσπερ ἐστὶ δίκαιον ὑπὲρ τῆς πατρίδος. [6] Ἔστι τις ἔξω τῆς ἡλικίας ὑμῶν; ὅσα οὗτος ἀτάκτως νῦν λαμβάνων οὐκ ὠφελεῖ, ταῦτ' ἐν ἴσῃ τάξει λαμβανέτω, πάντ' ἐφορῶν, καὶ διοικῶν ἃ χρὴ πράττεσθαι. [7] Ὅλως δὲ οὔτ' ἀφελών, οὔτε προσθείς, πλὴν μικρόν, τὴν ἀταξίαν ἀνελών, εἰς τάξιν ἤγαγον τὴν πόλιν, τὴν αὐτὴν τοῦ λαβεῖν, τοῦ στρατεύεσθαι, τοῦ δικάζειν, τοῦ ποιεῖν τοῦθ' ὅ τι καθ' ἡλικίαν ἕκαστος ἔχοι, καὶ ὅτου καιρὸς εἴη, τάξιν ποιήσας. [8] Οὐκ ἔστιν ὅπου τοῖς μηδὲν

1. Οὔτ' ἀπογνόντας. Constr. : οὔτ' ἐᾷ (ὑμᾶς) ἀπογνόντας (αὐτὰ) πράττειν ἄλλο τι.

2. Οὐκοῦν κ. τ. λ. : « ainsi vous proposez une solde » prise sur les fonds publics?

3. Τὴν αὐτὴν σύνταξιν, sc. φημὶ δεῖν εἶναι. — Ἕκαστος λαμβάνων, *nomin. absolu*, au lieu de ἵνα ἕκαστος τὸ μέρος λαμβάνων, ὅτου δέοιτο ἡ πόλις, τοῦτο παρέχῃ.

4. Οἴκοι μένων εἶ βελτίων, au lieu de ἔστι βέλτιόν σε οἴκοι μένειν.

vos fonds domestiques pour acquérir des possessions étrangères, peut-être, Athéniens, peut-être obtiendrez-vous
quelque insigne avantage, et vous dégoûterez-vous des
distributions que l'on peut comparer à ces aliments que
les médecins permettent à leurs malades, moins pour
rendre les forces que pour soutenir la vie. En effet, les
distributions, insuffisantes pour fournir à tous vos besoins,
ne font, en vous attirant, que vous détourner d'objets
essentiels et entretenir votre nonchalance.

Ainsi donc vous proposez de payer les soldats, dira-
t-on. Je veux, Athéniens, que dès à présent il y ait pour
tous les mêmes dispositions, et que chacun, recevant sa
part des fonds de la république, soit prêt à la servir dans
ses besoins. Est-on en paix ; on reste tranquillement chez
soi, sans que le besoin arrache aucune action dont on
puisse rougir. Se présente-t-il une circonstance sembla-
ble à celle d'aujourd'hui ; on reçoit comme soldat l'argent
des distributions, et l'on sert sa patrie, comme on le doit.
A-t-on passé l'âge militaire ; ce qu'on reçoit maintenant
sans le mériter par le service, on le recevra alors en se
rendant utile, et en veillant aux affaires du dedans. En
un mot, sans rien ajouter presque ni rien retrancher, je
bannis le désordre de la république et j'y ramène l'ordre,
en voulant que tous, sous les mêmes conditions, participent
aux largesses publiques, servent dans les armées, jugent
dans les tribunaux, fassent tout ce qu'ils pourront, suivant que le permettra leur âge, ou que la circonstance
l'exigera. Jamais je n'ai été d'avis de donner à ceux qui

---

5. Στρατιώτης κ. τ. λ. Constr. et supp. : (εἰ βελτίων) ὑπάρχων
στρατιώτης αὐτὸς ἀπὸ κ. τ. λ. — Ἀπό : « au moyen de ».

6. Ἀτάκτως : « sans être enrôlé ». — Ἐν ἴσῃ τάξει : « au même
titre » que celui qui sert.

7. Πλὴν μικρόν, τὰ θεωρικά sc.

8. Οἱ τοῦ δεῖνος... ξένοι : « les étrangers d'un tel », c.-à-d. les
étrangers, les mercenaires, commandés par tel ou tel général.

ποιοῦσιν ἐγὼ τὰ τῶν ποιούντων εἶπον ὡς δεῖ νέμειν, οὐδ᾽ αὑτοὺς μὲν ἀργεῖν καὶ σχολάζειν καὶ ἀπορεῖν, ὅτι δὲ οἱ τοῦ δεῖνος νικῶσι ξένοι, ταῦτα πυνθάνεσθαι· ταῦτα γὰρ νυνὶ γίγνεται. Καὶ οὐχὶ μέμφομαι τὸν ποιοῦντά τι τῶν δεόντων ὑπὲρ ὑμῶν, ἀλλὰ καὶ ὑμᾶς ὑπὲρ ὑμῶν αὐτῶν ἀξιῶ πράττειν ταῦτα, ἐφ᾽ οἷς ἑτέρους τιμᾶτε, καὶ μὴ παραχωρεῖν, ὦ ἄνδρες Ἀθηναῖοι, τῆς τάξεως, ἣν ὑμῖν οἱ πρόγονοι τῆς ἀρετῆς μετὰ πολλῶν καὶ καλῶν κινδύνων κτησάμενοι κατέλιπον.

Σχεδὸν εἴρηκα ἃ νομίζω συμφέρειν· ὑμεῖς δ᾽ ἕλοισθε ὅ τι καὶ τῇ πόλει καὶ ἅπασι συνοίσειν ὑμῖν μέλλει.

ΤΕΛΟΣ.

ne font rien pour la patrie le salaire de ceux qui la servent; ni que vous dussiez vous abandonner à l'inaction et à l'indolence, toujours irrésolus, vous demandant si tel ou tel chef de troupes étrangères a remporté pour vous quelque avantage: car voilà aujourd'hui tout ce que vous faites. Ce n'est pas que je blâme ceux qui font pour vous une partie de ce que vous devez, mais sans doute des Athéniens doivent remplir pour eux-mêmes les fonctions dont ils honorent les autres, et ne pas abandonner la réputation de bravoure que leurs ancêtres ont acquise par tant de dangers et d'actions glorieuses.

J'ai dit à peu près ce que je croyais utile; vous, maintenant, puissiez-vous embrasser le parti le plus avantageux pour la république et pour vous tous.

FIN.

Imprimerie de DELSOL.

www.ingramcontent.com/pod-product-compliance
Lightning Source LLC
Chambersburg PA
CBHW060837180626
46818CB00004B/1483